AF314423

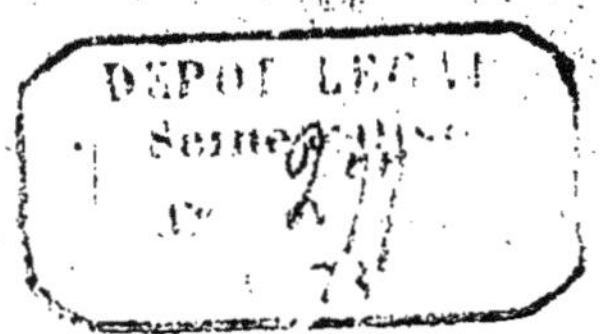

UNE

DETTE DE CŒUR

PAR

FERNAND BEROLEND

75 Centimes

PARIS

E. DENTU, ÉDITEUR

LIBRAIRE DE LA SOCIÉTÉ DES GENS DE LETTRES

Palais-Royal, Galerie d'Orléans

1878

UNE

DETTE DE CŒUR

UNE

DETTE DE CŒUR

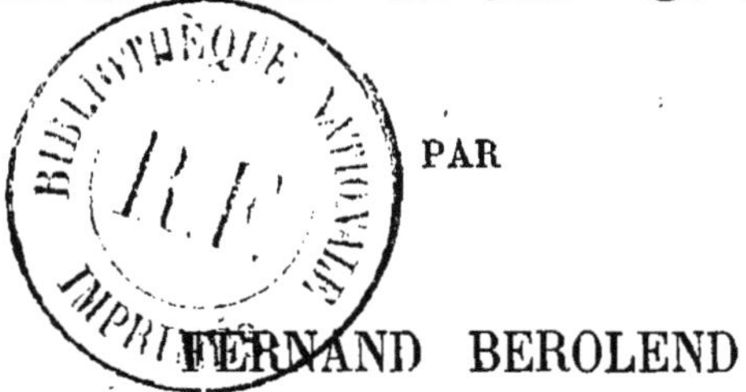

PAR

FERNAND BEROLEND

PARIS

E. DENTU, ÉDITEUR

LIBRAIRE DE LA SOCIÉTÉ DES GENS DE LETTRES

Palais-Royal, Galerie d'Orléans

—

1878

TOUS DROITS RÉSERVÉS

Madame,

La femme *sait mieux aimer* que l'homme.

C'est la pensée qui avait inspiré les lignes, — je n'ose pas dire : la poésie, — que vous allez lire.

Mais j'ai compris, dès le début, combien serait téméraire un langage dont la faiblesse eût égalé la banalité, alors que les plus brillants organes se mettent chaque jour au service de cette vérité.

Rien ne prouve pourtant qu'on ait tout dit sur l'amour. C'est un sujet trop vaste pour ne pas présenter quelques côtés, encore laissés dans l'ombre. Le moment de les placer en lumière ne saurait être inopportun, à une époque qui accueille avec tant de faveur certaines théories, pour le moins discutables.

Vous me pardonnerez donc, si je me suis écarté du but, sans toutefois sortir de la question : car ces pages, consacrées à l'amour, devaient m'autoriser elles-mêmes à parler de la religion, qui en est la source la plus pure, comme de la charité, qui en sera toujours la plus noble expression.

Votre respectueux serviteur,

F. BEROLEND.

Une Dette de Cœur

Symbole d'un long jour, la vie a son aurore :
S'il suffit à la fleur d'un rayon pour éclore,
Il ne faut qu'un regard, doux reflet d'un soleil
Plus pur, pour éblouir un cœur à son réveil.
Mon heure avait sonné de subir ce mirage :
Je n'avais pas vingt ans; j'étais à l'heureux âge
Où l'on court à l'amour sans mesurer ses pas,
Car l'amour vous appelle et ne patiente pas;
Où, la soif du nouveau vous dévorant, on goûte
En avide au bonheur, sans savoir ce qu'il coûte;
Où l'ange, qui berçait nos rêves d'autrefois,
Reparaît plus réel et, de sa douce voix,
Nous murmure ces mots, tendre écho de son âme :
« Je te semblais divin : eh bien, non, je suis femme !
Tu me croyais bien loin : j'habite auprès de toi !
Tu cherchais le secret de la vie : aime-moi !... »

Trop jeune pour juger les hommes et les choses,

Je trouvais un chemin, tout émaillé de roses,

Papillon, qui n'avait que le choix de mes fleurs.

Et, doutant qu'à son tour, l'amour versât des pleurs

Ou qu'un si doux fardeau fût jamais une charge,

Mon cœur épanoui se sentait assez large,

Pour remplir les devoirs de l'hospitalité,

A la façon des rois. Sa sotte vanité,

Escomptant des succès, ne trouvait pas d'escorte,

Assez longue à son gré, pour lui fermer sa porte ; —

Oubliant que du monde un infime apprenti,

Si bon valseur qu'il soit, n'est jamais un *parti*!....

Un parti! — Mot fatal, comme l'éclair qui crève

Les voiles de la nuit, il traversa mon rêve.

Ce fut un rude coup ; mais enfin je compris

Ce qu'à mon cœur naïf on attachait de prix ;

Mon crime, à moi, c'était de me trouver à l'âge

Où l'on n'ose jouer que le rôle de page ;

C'était de n'être encore qu'un chevalier servant,

Et non l'époux qu'on rêve en sortant du couvent.....

Et puis, à la merci de ces griefs frivoles,

La rage dans le cœur, je brisais mes idoles

D'un jour et je faisais sourire de pitié

Un de mes vieux parents, dont l'âge et l'amitié

Avaient fait un mentor ; il me disait : « Jeune homme,

Que votre fol orgueil vous rend injuste et comme

Vous changerez d'avis, quand vous serez plus mûr !

Quand votre jugement, moins ardent et plus sûr,

Vous donnera le droit d'apprécier la femme,

Vous comprendrez alors ce que contient son âme

De délicat, de tendre et de noble à la fois ;

Vous saurez qu'elle, au moins, s'inspire de la Croix

Et que, nous retrouvant, auprès du sacrifice,

Toujours lâches ou froids, elle prend le calice

Et vide les deux parts, sans nous voir réclamer ;

Qu'enfin, sachant souffrir, elle en sait mieux aimer !... »

Ainsi m'admonestait ce vieillard ; son langage

Etait vrai, si flatteur qu'il parût et l'hommage

Qu'il rendait à la femme, en parlant de l'amour,

C'est la dette du cœur : — je la paie à mon tour !...

Et que de fois, pourtant, mon siècle te refuse
Cette amende honorable, ô vertu qu'on accuse!
Car le nombre grandit de ces hommes sans foi,
Qui se vantent bien haut de ne plus croire en toi.

Et puisque la vertu t'a faite à son image,
Noble épouse, c'est toi sur qui s'épand l'outrage.
Le mensonge impudent attaque avec ardeur
Ce qui fait ton courage et permet ta grandeur,
Cette Religion qui féconda ton âme
Et qui te rend céleste, en te conservant femme.

Connais-tu le poison, sais-tu bien tout le fiel
Versés sur ce lien qui te rattache au ciel ?
Compagne de nos jours, si rarement comprise,
Quand ton cœur délaissé sous le malheur se brise;
Quand le monde, qui fuit les pleurs, te dit adieu ; —
Que te resterait-il, si l'on t'enlevait Dieu ?...

Sceptiques, qui mettez votre triste courage
A prétendre aujourd'hui la vertu d'un autre âge

Et cherchez une excuse à votre cœur banal,

En disant que l'amour de la femme est vénal ; —

Pour vous tromper ainsi, quelles sont vos familles,

Votre mère, vos sœurs, votre épouse, vos filles ?...

Si le culte pourtant répugne à votre orgueil,

Qui d'un temple maudit évite jusqu'au seuil ;

Si la foi pour vos yeux est un phare sans flamme ;

Si chez vous la matière étouffe à ce point l'âme,

Que, plaçant dans l'amour un misérable espoir,

Vous croyez qu'il vous comble, en vous grisant, un soir ;

Si, portant à la coupe une lèvre salie,

Vous n'avez du flacon retenu que la lie ;

Si la fange vous plaît ; — c'est votre affaire à vous ;

Mais taisez-vous au moins sur nos femmes à nous !...

Oui, pour comprendre mieux votre étrange maxime,

J'ai plongé mon regard jusqu'au fond de l'abîme

Et, sans qu'il ait cherché longtemps, il a trouvé

La boue ; — et, cependant, vous n'avez rien prouvé !

Car, — je vous le demande enfin, — ces créatures,

Qui du vice sans honte étalent les souillures,
Savent-elles prier ? Quel est leur culte encor
Quand elles ont vendu leur âme pour de l'or ?...

Et vous, pauvres époux, dont le dogme sinistre,
Tolérant encore Dieu, n'admet plus son ministre;
Qui voyez dans le prêtre un vulgaire mortel,
Exploitant cette terre à la faveur du ciel,
Sur la foi des naïfs se faisant un négoce,
Exerçant un métier et non un sacerdoce; —
Vous qui par le soupçon toujours mis en éveil,
Redoutez cet apôtre et fuyez son conseil ;
Quand, pourtant, vient le jour, où le monde menace
Et la femme et l'enfant, qui donc, à votre place,
Plaide dans un langage, à la fois ferme et doux,
Et la cause du père et les droits de l'époux ?...

Lorsqu'ayant à son gré préparé pour la fête
La femme qu'il prétend sa docile conquête,
Ce monde fait encor retentir le signal,
Si tôt compris hier, d'un festin ou d'un bal;

Quand ce salon vanté, dont elle était la reine,

Adorée à genoux, l'appelle dans l'arène,

Où sa beauté plus sûre attend un nouveau prix ; —

Quelle voix intervient et s'élève, au mépris

Des accords trop connus d'une valse entraînante ?

Qui donc vient l'arrêter sur la facile pente,

Où l'on glisse souvent, croyant la côtoyer ?

Qui donc, au nom des droits imposants du foyer,

Des plaisirs d'autrefois lui montrant la chimère,

Ose la rappeler à ses devoirs de mère,

Et devant ses regards, éblouis, un instant,

Replace, mieux que vous, le berceau qui l'attend ?...

Lorsque, plus tard, ce fils, se croyant déjà quitte

Envers vous, prend le droit de vous oublier vite,

Qui donc vers le passé lui commande un retour

Et redit, mieux que vous, à cet ingrat d'un jour,

En invoquant les pleurs que coûta sa naissance,

Ce qu'il vous doit d'amour et de reconnaissance.

Et quand la volupté se fait un jeu cruel

De le traîner aux pieds de son infâme autel,

Qui vient le relever pour vous? Qui vient le rendre
Aux leçons du devoir, en lui faisant comprendre
Qu'il ne peut de son sang disposer à loisir :
Qu'il le doit au pays et non pas au plaisir?...

Quand enfin du canon gronde la sourde alarme,
Qui donc à cet enfant-soldat remet une arme
Et, lui disant comment un chrétien sait mourir,
A ce noble danger le presse de courir ?
Quand sa mère voudrait retenir son idole,
Qui le suit au combat, l'exhorte et le console,
Le résigne d'avance à tomber au printemps
Et transforme en héros cet enfant de vingt ans;
Qui reçoit son dernier mot, sa dernière plainte
Et, songeant aux absents, dans sa suprême étreinte,
Lui parle encor de vous, en lui fermant les yeux ?...

Mais, puisque vous trouvez cet apôtre odieux ;
Puisque le plaisir seul réserve dans ses temples
Pour l'épouse et le fils de sublimes exemples ;
Puisque l'autel n'est plus le conseiller qu'il faut

Et que vous réclamez des leçons de plus haut ;
Des austères vertus chercheurs opiniâtres,
L'église vous fait peur : essayez des théâtres !

Sainte religion du Dieu de Nazareth,
Qui donc, autre que toi, possède le secret
De tous les dévouements, de tous les sacrifices ?
Tu parus une nuit, sous de sombres auspices ;
Mais, si rude à garder que pût sembler ta loi,
Tu devais inspirer des cœurs dignes de toi.
Et les vierges de Rome apprirent les premières
A leurs tyrans, pour qui n'étaient pas leurs prières,
Comment ta fille enfant, sublime sans effort,
Plutôt que d'abjurer sait marcher à la mort.....

Françaises, c'est encore le sang de ces Romaines,
Généreux et fécond, qui coule dans vos veines.
Je ne viens pas ici, remontant le passé,
Réveiller les héros dans leur tombeau glacé.
Car, pour montrer jusqu'où peut élever la femme
Rien qu'un souffle de foi, qui passe sur son âme,

Je n'ai qu'à rappeler vos deux noms, qu'ont appris

Des exploits, Geneviève et Jeanne, à qui Paris,

Aussi bien qu'Orléans, a dû sa délivrance.....

Chaque jour n'a pas droit au succès. Pauvre France,

La fortune entendait te soumettre à sa loi

Et l'heure des revers devait sonner pour toi.

Mais la guerre, après tout, est le métier des hommes,

Métier que nous voulons et le jour où nous sommes

Assez fous pour tenter un combat inégal,

Qui nous fait succomber sous les coups d'un rival

Moins brave, mais plus fort ; — faut-il que ce soit l'ange

Méconnu de la paix, qui se lève et nous venge ?...

Et pourtant, en dépit de ton funeste sort,

Combien de tes enfants, disputés à la mort,

Cet ange a pu sauver ! — Car un reflet de gloire,

Même aux pages de deuil, éclaire ton histoire.

Et toi, mère en sanglots d'être restée au loin,

Quand à toi la première, appartenait le soin

De veiller cet enfant, de panser sa blessure ; —
Une main étrangère, et pourtant aussi sûre,
Se dévoue à ce fils que l'on croyait perdu.
Une femme à sa plainte a déjà répondu ;
Seule, elle avait le droit de le suivre à la guerre
Et Dieu, qui l'envoyait, ne crut pas nécessaire
De lui prêter ton nom, pour lui donner ton cœur...

Tôt ou tard, cependant, à la loi du vainqueur
Le vaincu se soumet ; tôt ou tard doit se taire
Le canon dont la voix faisait trembler la terre.
Et ce n'est pas aux jours où l'on a combattu,
Que cette femme entend limiter sa vertu.
La guerre, encore trop longue, est un fléau qui passe ;
Mais la douleur partout revendique sa place
Et, tant qu'il reste au monde, où l'on vit pour souffrir,
Du corps ou bien de l'âme une plaie à guérir ;
Sacrifiant le luxe au pauvre qu'il préfère,
Oubliant tout son mal pour le bien qu'il peut faire,
Cet ange que le ciel sur la terre exila,
Cette Sœur apparaît et répond : Me voilà !...

La charité pourtant se mesure à la peine
Et veut, pour s'exercer, un plus vaste domaine
Que les murs trop étroits qui ferment un couvent.
Oui, je dois cet hommage à mon siècle savant :
Son dédain pour le pauvre est une calomnie
Et le bien, déjà fait, prouve qu'il s'ingénie
A restreindre la part qui revient au malheur.

Mais il faut reconnaître à chacun sa valeur.
Le deuil nous est à charge et nous fuyons les larmes ;
Pour dompter la douleur, nous n'usons pas des armes
Dont la femme connaît si bien le maniement
Et dont tout le secret est dans son dévouement.

Et toi-même, mondaine, insouciante et folle,
Qui, sous l'entraînement de ta beauté frivole,
Demandes que ton siècle invente des plaisirs,
Pour combler, à défaut de ton cœur, tes loisirs ; —
A ce flot déchaîné de paroles apprises,
Mensonges mal voilés, dont pourtant tu te grises,

L'orchestre de tes bals a beau mêler des flots

D'harmonie; — il ne peut étouffer les sanglots

Du pauvre qui te guette, au sortir de ta fête!

Ce pauvre, c'est encor ta plus pure conquête.

Lui, du moins, tu peux bien l'admettre sous ton toit,

Sans faire aucun jaloux, sans blesser aucun droit;

Et quand de ton amour il réclame l'aumône,

Il ne prend dans ton cœur la place de personne.

Tandis que, calculant tous les maux à guérir,

Tous les pleurs à sécher, tu t'empresses d'ouvrir

Ta bourse avec ton cœur; tandis que tu t'exerces

A donner tes secours de cent façons diverses,

En fondant des ouvroirs, des crêches, des fourneaux, —

Que sais-je encore?... Nous, nous créons des journaux,

Nous faisons des discours et, tristement cyniques,

Nous n'avons que des mots, aumônes ironiques,

Pour payer notre dette à ce déshérité.

Et voici ce qu'au nom de la fraternité,

Nous lui disons : « Non, non, tu n'es pas un esclave!

Un maître sans mandat impunément te brave,

D'un pouvoir usurpé te rendant le suppôt.

A défaut de vertus, l'orgueil le met si haut,

Que son regard hésite à s'abaisser sur terre,

Où pourrait le gêner ta vue, ô prolétaire!

Et pourtant un jour vient, où de ses courtisans

Les applaudissements ne sont plus suffisans;

Il quitte ses sommets et prépare une fête :

Éclaboussant le pauvre, il lui jette à la tête

Son or, comme un soufflet. Et toi, le rouge au front,

La rage dans le cœur, de subir cet affront,

Tu vois passer la fête et, loin de la maudire,

Il te faut la payer d'un stupide sourire !...

Ce coup qui te visait, m'a frappé comme toi

Et, plutôt que la plaie ait crié : venge-moi !

Je viens te délivrer du joug de ce despote : —

Peuple souverain, prends ce bulletin de vote !... »

La femme, comprenant autrement les secours,

Les traduit par des faits et non par des discours.

Etrangère aux secrets de sa rude pratique,

Elle nous abandonne à nous la politique,

Bornant tous ses efforts à trouver le moyen

De soulager le père, au lieu du citoyen.

Et quand, pour obéir aux lois de la nature,

En assurant d'abord au corps sa nourriture,

Elle a chassé la faim, le visible ennemi,

Son rôle, encor plus grand, n'est rempli qu'à demi.

Sur une autre blessure, il lui reste à répandre

Un baume méconnu ; ce n'est pas tout de rendre

A sa table du pain, à son âtre du feu :

Ne faut-il pas encor rendre au pauvre son Dieu?

Ne lui reste-t-il pas à rallumer la flamme

De ce foyer éteint qu'on appelle son âme?...

Car son âme éprouvait, elle aussi des besoins

Et ses déchirements, qui n'ont pas de témoins,

Sont les plus douloureux. Avoir vu la fortune

Sourire assez souvent pour paraître commune;

Avoir longtemps d'avance, au banquet du plaisir,

Marqué sa place; avoir escompté du désir

Cet or et ces honneurs dont le monde est avide

Et qui grisent la tête, en laissant le cœur vide ;

S'être élevé plus haut : avoir rêvé l'amour,

Qui vaut mieux que la gloire et se trouver un jour

A la seule merci de l'horrible maîtresse

Que s'attache le pauvre et qu'on nomme détrese ; —

Quel songe plus flatteur pour bercer le sommeil

De l'espoir ; mais aussi quel plus affreux réveil !

Il peut être terrible et le péril immense,

Riche, vient te crier que ton devoir commence...

Ne va pas l'oublier, égoïste abusé :

Si le sort jusqu'ici ne t'a rien refusé,

Pour beaucoup ses faveurs sont des torts qu'il te donne ;

C'est une offense au pauvre : il faut qu'il la pardonne !

Si son cœur cependant, de vengeance affamé,

Aux appels du pardon est demeuré fermé,

Quand bien même la haine est sa seule devise,

Ce n'est pas le sommet du pouvoir qu'elle vise.

Un roi peut être un maître : il n'est pas un rival.

C'est toi qu'elle poursuit d'abord, toi, son égal ; —

Car tu le dis au pauvre, en l'appelant ton frère.

Ton frère! ton égal! — Quand un destin contraire,

Pour lui si dur, alors qu'il est pour toi si doux,

A creusé pour jamais un abîme entre vous;

Quand, dans tes jours joyeux et dans tes nuits d'orgie,

Du vice désœuvré tu fais l'apologie,

Au lieu d'encourager cette vaillante main,

Qui par son seul labeur assure un lendemain

A des enfants sans pain ; quand l'or que tu dépenses

Te donne tous les droits et toutes les licences;

Quand tu n'as pas appris du froid ni de la faim

Ce que coûte une larme à sécher; — quand, enfin,

Le hasard te veut riche et l'a fait misérable...

Oui, le sort t'a donné l'aspect d'un grand coupable,

Aux regards de ce pauvre et tu l'admets si bien

Que, pour vous rapprocher, tu voudrais un lien;

Mais, alors que ton cœur vide se dissimule

Sous le masque banal d'une antique formule,

Crois-tu donc qu'il suffise à tous tes monuments

De l'étaler, pour faire oublier que tu ments?...

Fraternité, quel mot et quel titre de gloire
S'il pouvait à lui seul résumer notre histoire,
En célébrant la paix et non pas un vainqueur! —
Ecris-le sur tes murs, mais aussi dans ton cœur!

Mais si, croyant venu le jour qui devra rendre
Son compte au paria, pauvre, tu veux comprendre
Ce que valent pour toi ces promesses sans fin
Qui flattent ton orgueil, sans apaiser ta faim,
Apprends donc que ce mot, dont on fait grand tapage
Aujourd'hui, fut inscrit à la première page
Des temps civilisés et Celui qui voulut
Donner au monde entier ce gage de salut,
C'est le Dieu que ton siècle impudemment renie,
C'est le Dieu qui, né pauvre, a mis tout son génie
A te glorifier, en partageant ton sort
Et qui, premier martyr, préconisa la mort.

Sois jaloux d'ennoblir le travail que la terre,
Injuste, assurément, réserve au prolétaire.
Ne poursuis pas en vain un bonheur apparent,

Qu'aujourd'hui nous apporte et que demain reprend.

Les plaisirs qu'on regrette et les biens qu'on envie

Ne sont que des hochets, quand on voit dans la vie

Un frêle pont jeté sur un gouffre béant,

Qui de l'éternité sépare le néant.

Le but fait affronter les dangers du voyage :

Sache donc relever tes yeux et ton courage

A la hauteur du ciel, cette heureuse cité

De l'âme, où règne encor la seule égalité !...

Modernes novateurs, riez de ce langage;

Répétez à loisir qu'il n'est plus de notre âge !

Tous les âges pourtant méritent la leçon,

Qui passent, sans changer notre étrange façon

De comprendre l'amour : je n'en veux d'autre preuve

Qu'une histoire déjà vieille, mais toujours neuve;

Et, faisant enfin trêve à votre esprit moqueur,

Peut-être entendrez-vous ce triste écho du cœur !

La nuit, elle avait moins toussé qu'à l'ordinaire :

Le soleil qui, sachant mentir au poitrinaire,

Vient lui promettre en mars ce qu'avril ne tient pas,

Par la voix d'un rayon lui répétait tout bas :

« Ingrate, tu veux donc rester seule étrangère

Au concert entonné par la nature entière

Pour fêter mon retour, en me disant merci ?

Le bourgeon se réveille et la fauvette aussi.

Tout ce qui sommeillait tressaille et se relève :

On dirait qu'un courant de jeunesse et de sève,

Ou qu'un souffle de vie a passé dans les airs,

Pour les purifier du contact des hivers.

Quel sauveur te faut-il, plus propice et plus tendre ?

Je frappe à ta fenêtre et tu me fais attendre !

Quitte ce triste lit ; car, avec le printemps,

Je te rends la santé, fidèle à tes vingt ans !... »

Une autre voix pourtant, plus douce et plus intime,

Lui murmurait ces mots, qu'elle écoutait sans crime :

« As-tu donc oublié ton ami d'autrefois,

Cet ami désolé qui, depuis de longs mois,

Seul avec ses regrets, te réclame et te pleure ?

Dans ton cœur, elle a donc cessé de vibrer, l'heure
Où, sans manquer un jour, je reviens anxieux,
Tremblant comme un enfant, interroger des yeux
Ce long rideau muet qu'aucun pli ne soulève ?...
Et le vide cruel, qui répond seul, m'enlève
La moitié de ma vie, en me prenant l'espoir.
Quand je serais comblé, rien que pour t'entrevoir,
Tu souffres donc au point de ne plus pouvoir même
Te montrer seulement et me dire : Je t'aime !
Par l'organe discret d'un éloquent regard ?... »

Laquelle de ces voix, plus entraînante, eut l'art
De la convaincre mieux ? Sans peine, on le devine. —
Le ciel lui pardonna cette erreur féminine :
Levée, elle alla droit consulter son miroir
Et, reculant : « Mon Dieu, mais je fais peur à voir !
Puis-je ainsi me montrer ?... Mon pauvre bonnet rose,
Que j'avais oublié, tu t'étonnes que j'ose
Encor songer à toi, qui rappelles les fleurs,
Moi, qu'ont marquée au front la souffrance et les pleurs.
Autrefois, disait-on, tu me rendais jolie :

Pourvu que je lui semble aujourd'hui moins pâlie !

Ments lui donc et que grâce à ton cadre riant,

Le tableau lui paraisse un peu moins effrayant !...

Elle s'était à peine assise à sa fenêtre,

Qu'au bout de l'avenue on le voyait paraître,

Se hâtant, comme on fait, quand on est attendu.

Et, retrouvant déjà son sourire perdu :

« Allons, je l'avais bien jugé, murmura-t-elle ;

Il n'avait pu si vite oublier son Adèle.

Comme il a dû souffrir !... Mais il presse le pas.

Il m'a vue... Hélas, non ! il ne regarde pas.

A quoi pense-t-il donc ?... Que vois-je ? — Une autre femme,

Une fille d'auberge... Ah, ce serait infâme !

Non, ce n'est pas possible et je rêve tout haut ;

Mon œil et ma raison s'égarent... ou plutôt,

Ce n'est pas mon André !... » Mais la fenêtre ouverte

Fit remonter ces mots que, de sa voix couverte,

Il jetait en passant : A dix heures, ce soir !...

Trois semaines après, à son triste devoir,

Le fossoyeur creusait une tombe nouvelle
Et du trépas qu'il sert ce complice, rebelle
A la pitié, soudain s'arrêta court, confus
Peut-être de trouver des pleurs inattendus
Dans des yeux où jamais une larme ne brille
Et ce grand endurci murmura : Pauvre fille !

Mais la vie est de trop, quand le cœur est brisé
Et la mort n'est souvent qu'un sauveur déguisé.
Aussi, quand elle vint réclamer sa conquête,
Adèle sans trembler avait dit : Je suis prête !

Six mois d'éloignement : c'est donc ce qu'il suffit
Au cœur pour se lasser d'un amour sans profit !
Tout nous porte au plaisir ; au deuil rien ne nous lie
Et plutôt que l'on souffre, il vaut mieux qu'on oublie !

Quel défenseur d'André serait assez hardi
Pour répondre que jeune, il était étourdi ?...
L'amour forme le cœur et non pas les années

Et ses fleurs par le temps ne sont pas épargnées.

Non, l'âge ne vient pas calmer impunément

Ces élans généreux, qui font le dévouement.

L'amour le plus aveugle a le plus d'héroïsme

Et le jour qu'il raisonne, il s'appelle égoïsme.

Et nous, jeunes vieillards, avides de plaisirs,

Alors que satisfaits en d'infimes désirs,

Nous prétendons toucher aux limites extrêmes

De l'amour ; — malheureux, nous n'aimons que nous-mêmes !...

Et tant que l'égoïsme étouffant l'idéal,

Nous porterons le joug de ce tyran fatal ;

Tant que nous n'aurons pas brisé ses lourdes chaînes,

Nous ne pourrons atteindre aux régions sereines,

Où l'abnégation a fixé le séjour,

L'asile préféré, le temple de l'amour.

Car l'amour, après tout, est un besoin de l'âme,

Qui veut se dévouer ; c'est une pure flamme,

Un foyer qui réchauffe, un phare étincelant,

Et non un feu follet, incertain, vacillant,

Que le plaisir allume et qu'éteint une larme.

Loin d'ôter à l'amour son mystérieux charme,

La douleur partagée est son meilleur ciment.

Sursum corda! Ce cri d'éternel ralliement,

Que la foi jette au monde, en ses heures de crise,

Comme un palladium, prenons-le pour devise!

Oui, relevons nos cœurs! N'estimons pas trop cher

Ce semblant de bonheur qu'on demande à la chair.

Détachons-nous du corps, pour nous unir à l'âme;

Cherchons Dieu dans son œuvre et l'ange dans la femme;

Apprenons le chemin du calvaire et le jour

Qui nous verra pleurer nous donnera l'amour.....

Février 1878.

Imprimerie de RAYNAL, à Rambouillet.